기다림이 머문 자리

박기숙 시집

시음사
시사랑음악사랑

본문 시낭송 감상하기

QR 코드 스마트폰으로 QR 코드를 스캔하면 시낭송을 감상할 수 있습니다.

제목 : 봄 아가씨
시낭송 : 박영애

제목 : 눈이 내리네
시낭송 : 박영애

제목 : 행복한 이 밤에
시낭송 : 임숙희

제목 : 여름
시낭송 : 박순애

제목 : 들국화 향기
시낭송 : 박영애

제목 : 바다
시낭송 : 박영애

제목 : 가을 사랑
시낭송 : 최명자

제목 : 나 그대를 지키리라
시낭송 : 박순애

제목 : 한 떨기 수선화
시낭송 : 최명자

제목 : 청춘의 꽃밭
시낭송 : 임숙희

시인은 자연을 이야기하고
시낭송가는 자연을 품었다.
글자는 날개를 달아 언어로 날고
소리는 자연에 눕는다.

시인의 말

첫 시집을 출간하면서 마음이 기쁘기도 하지만
한편 가슴이 뭉클하게 설레이기도 합니다.
앞으로 독자들에게 영원히 사랑받는 시인이 되도록
문학활동에 정진해 보고자 합니다.
이제 제2막의 인생길을 시인으로서 문학활동에 힘쓰면서
열정을 다하여 보람찬 삶을 살도록 노력하겠습니다.
마지막으로 수고해주신 김락호 회장님과
출판사 관계자분들께 깊은 감사를 드립니다.

시인 박기숙

♣ 목차

♣ 목차

♣ 목차

그대여 노래하라

그대여 노래하라. 나는 춤추리라.
아름다운 사랑의 노래를 부르겠노라.

하얀 달빛 속에서,
광란의 쏘나타 속에서,
나는 브람스의 자장가를 듣고 싶구나.

하늘의 달빛을 보아라. 그대여!
신비하게 빛나는 오묘한 달빛을.

그 속에는 나와 그대의 계수나무가 있을까?
저 반짝이는 하늘의 별빛을 보아라.

금구슬 은구슬로 수놓인 별빛 속에서
그대와 나의 영롱한 모습을 찾아보아라.

검푸른 야광의 징직을 깨치고, 내게 들려주렴.
아름다운 사랑의 노래를,

저 푸른 하늘을 기쁨으로 안고서,
이제 영원히 그대와 함께 가겠소

봄 아가씨

봄 아가씨 방끗 눈 떴다오.

꽃가마 타고 오시려나
꽃구름 타고 오시려나!

궁노루 산마루에 금빛 은빛 날개 치며
무지갯빛으로 춤을 추네.

하얀 구름 너울 쓰고 꽃반지 끼고 오시려나.

가슴에 에메랄드빛 심장 품에 안고
누구에게 순정을 바치려 합니까?

저 높은 무릉도원의 산골짜기에
울긋불긋 진달래꽃 따다가
당신께 드리오리까?

휘영청 달 밝은 밤에 살랑 개비
실바람에 꽃마차 타고 오는 현자에게
드리오리까?

꽃향기 싣고 오는 봄 아가씨여
그대의 눈을 살며시 감아주오.

나 그대의 이마에 입 맞추고 싶어라.
아름다운 나의 봄 아가씨여!

 제목 : 봄 아가씨
시낭송 : 박영애
스마트폰으로 QR 코드를 스캔하면
시낭송을 감상할 수 있습니다.

思夫哭(사부곡)

오! 그리운 나의 님이시여!
그대는 지금, 어디 계시나이까?

저~하늘나라, 아니 저 지평선 넘어 그 먼 곳에...
그대는 말씀 한마디 못 하시고 나를 두고 가셨지요.

왜 그렇게 빨리도 가셨나요? 사랑하는 나의 님이여!
그 먼 곳에서 그대도 내가 보고 싶었나요?

밤마다 꿈속에 오셔서 나를 포옹하고 떠나셨지요.
아! 그리운 당신! 당신이 이 세상에 있을 때

너무나도 잘못한 게 많아서 눈물로서 용서를 비옵니다.
사랑하고 싶고, 보고파서, 눈물이 흐릅니다.
사랑하는 그대 당신이여!

기다려 주세요. 내가 그대 곁에 갈 때까지,
기다려 주세요. 나도 언젠간 당신 곁으로, 갈 겁니다.

아름답고 행복한 그곳에서,
기다려 주세요.
사랑하는 나의 님이여!

내 가슴은 설레노라.

오! 나의 사랑 그대는 지금 어디 계시나이까?
오늘도 역시 나의 가슴은 그대 때문에 설레고 있답니다.

그대 그리워 오직 당신만을 기다리고 있다고.
나에게로 오소서!

지금 달이 사라진 뒤의 별들 천공 운행보다 더 텅 빈 머리로
여기저기를 어정거리고 있지요.

오! 나의 사랑, 혹여나 오시려나.
나는 당신이 그리워요

오! 그리운 나의 임이시여!
그대는 지금, 어디 계시나이까

사랑하는 나의 님아!
어서 속히 오소서!

나는 그대와 함께 사랑을 속삭이고 싶어요.
무지개의 꿈처럼, 소녀의 꿈처럼,
그대는 아시나요?

그 느낌이 얼마나 황홀한지를, 당신은 기억하시나요?
마지막 밤에 당신과 함께한
그 격렬한 황홀감을...

님 그리워

님 그리워 오늘도 먼 하늘 쳐다보며
조용히 당신을 불러 봅니다.

그러나 당신은 왜 아무 말씀이 없으시나이까?

나는 이렇게 사무치도록 당신이 그리워서
당신 소식 오기만을 기다리고 있었다오.

저 하늘을 나는 까치에게라도 소식 전해주오.
아니면, 고요한 밤에 나의 꿈길 속으로 오시면
나는 기다릴 겁니다.

당신의 달콤한 속삭임과 사랑의 밀회를,

오늘도 오직 그대 오기만을, 애타게 기다릴 겁니다.

그대 나의 님이시여! 어서 오소서!

하늘을 나는 공중의 새여!
어여쁘신 나의 님 소식이나 전해주오.

오늘도 나는 님 그리워
하염없이 눈물짓는다오.

눈이 내리네

눈이 내리네. 하얀 눈이 내리네.
온 세상이 하얀 눈으로 덮이네.

나는 하얀 눈길을 걸으며 나의 님이 오시려나
하얀 눈송이를 뽀드득 거리며 님 마중을 나간다.

아! 그러나 나의 님은 왜 안 오실까?
여기에,
그립다.

오! 저 하얀 눈길을 밟고 오소서.
나의 사랑 내님이시여!

그대의 하얀 속살처럼, 하얀 눈은 내 가슴에
그대의 가슴에 자꾸만 젖어 오네.

 제목 : 눈이 내리네
시낭송 : 박영애

스마트폰으로 QR 코드를 스캔하면
시낭송을 감상할 수 있습니다.

13

행복한 이 밤에

행복한 이 밤에 나는 그대를 기다립니다.

그대는 반드시 오시려나
나는 나의 님을 기다릴 겁니다.
온 산천초목이 울긋불긋 진달래 꽃피면
새봄과 함께 두 손 잡고 나에게 오시겠지요.

행복한 이 밤에 그대 발자국 소리 들리면
어서 뛰어나가 그대 품에 안기고 싶습니다.

제목 : 행복한 이 밤에
시낭송 : 임숙희

스마트폰으로 QR 코드를 스캔하면
시낭송을 감상할 수 있습니다.

[春風] 봄바람

봄바람이 불어온다.
따뜻한 님의 바람처럼.

내 가슴속에도 빨간 동백꽃처럼,
선홍빛 사랑이 천천히 물들어 가고 있다네.

나는 가리라.
내 사랑이 꽃피는 저 남녘의 봄동 산으로.

그대와 나는 춘풍에 돛을 달고
아득히 먼 지평선을 넘어

굽이치는 파도를 따라
환상의 여행을 떠나리라.

봄이 오면

오! 아름다운 청춘의 심볼이여!
그대 봄은 정녕 오시려는가?

그대는 듣고 계시나요?
봄이 오는 소리를,

그대의 창가에도,
지금 봄소식을 알리는 꽃비가
창문을 두드리고 있겠지요.

나는 그대의 창가에 기대어
봄의 노래로 그대의 잠을 깨울 거예요.

어서 일어나세요.

그대와 나 단둘이서
봄의 타이타닉호를 타고
환상의 도시로 여행을 떠나요.

저 멀리 아름다운 항구 도시
쿠바의 하바나로...

아! 봄이 오면 그대와 나
파랑 날갯짓 퍼덕이며
콧노래를 불러 보아요.

꽃구름이 빚어내는
아름다운 향연 속에서
우리 함께 춤을 추어요.

봄의 향수에 젖어

봄의 향수에 젖어, 나는 가만히
두 눈을 감고 내 고향 산천초목을 회상해 봅니다.

아버지는 밭에서 황소와 함께,
이랴! 밭 갈으시고, 어머니는 뒤 뜨락에서
머리에는 하얀 너울을 쓰시고,
온몸을 파란 애프롱(앞치마)으로 치장을 하시고,

된장 고추장을 맛있게 담그시던,
나의 사랑하는 어머니!

오늘은 부모님이 그리워 마냥
눈물이 납니다.

아! 그리운 나의 부모님, 사랑하는 나의 부모님,
저도 언젠가는 부모님 곁으로 가겠지요.

꼭 잊지 말고 기다려 주세요.
제가 어릴 적엔 동화 같은 꿈속 같은 얘기만 했지요.
그러나 그 시절이 마냥 그립기만 하네요.

어릴 적 친구들과 소꿉놀이하고, 어깨동무하면서,
뛰어놀던 그 어린 시절의 봄동 산이, 지금은 추억의
한 씬으로, 파노라마처럼, 남아 있지요.

내가 자라서 어른이 된 지금에도
그 옛날의 Nostalgia(향수)가 자꾸만 떠오릅니다.

나는 하얀 목련꽃을 좋아하지요.
배달의 얼이요, 순결의 상징인 목련꽃!

나는 하얀 목련꽃 그늘아래서
〈젊은 베르테르의 슬픔〉을 읽어 보려 해요.

그리하여 온 누리에 쏟아지는 봄의 향기에
마음껏 취해 보렵니다.

진달래

우리 집 마당에 빨간 진달래,
한 송이 뜯어내 입에 물어본다.

오! 달콤한 향기가 내 입안에서
사르르 녹는다.

내 님의 향기도
이렇게 달콤할까?

내가 그리워하며 애타게 찾는
그 님은 지금은 무얼 하실까?

신문을 보실까?
그림을 그리실까?

아니면, 사랑의 세레나데를 부르실까?

오! 사랑의 노랫소리 들려 오는구나!
나를 향하여 부르는 소리

내가 보고 싶다고
그리워서 눈물이 난다고,
내게로 오고 싶다고.

오! 사랑하는 그대여,
내가 그대를 향하여 달려 가리이다.

내가 그대를 만날 그날은,
오색 찬란한 진달래꽃을,
한 아름 안고

당신에게로, 달려 가리이다.
천상의 날개를 활짝 펴고,

오! 그리운 내 님이시여!
기다려 주세요.

내가 당신에게로
가는 그 기쁨의 날을...

보랏빛 라일락 향기

이른 봄이 왔어요. 보랏빛 라일락 나무 아래서
나는 미소를 머금고, 눈을 내리깔고

청순한 라일락 향기를 맡아보네요.
그윽한 향기가 내 콧속으로 스멀스멀 기어들어 와요.

그 향기에 취해서 나는 칼멘의 꽃노래를 불러 보아요.
오! 청춘이여! 꿈이여! 가슴 가득한 행복이여!

사랑스러운 내님이시여! 어서 내게로 오소서!
나는 두 손 깍지끼고 그대와 함께 가리이다.

내 가슴은 기쁨이 넘쳐흐르고
저 멀리 보이는 아름다운 꽃구름 속으로,

그대와 함께 콧노래 부르며
봄의 꽃길을 걸어서
나비처럼 날아가 봐요.

꽃밭에 앉아서

꽃밭에 앉아서 나는 기다린다. 나의 님을,
기타를 껴안고 봄의 교향악을 연주한다.

아름답고 화창한 봄날에

사랑하는 사람아! 그리운 사람아!
어디에 계시 올까?

이렇게 아름다운 꽃밭에서
향기 가득 찬 꽃 구름 속에서

나는 오늘도 기다린다. 그대 오시기만을...
어서 오소서. 나의 님아!

그대와 함께 꽃밭에 앉아서
사랑을 속삭여 보아요.
나는 그려본다. 그대의 얼굴을,

갸름한 얼굴일까? 동그란 얼굴일까?
나는 불러본다. 환희의 노래를, 축복의 노래를.

이 황홀한 꽃밭에서
그대와 함께 영원히 잠들고 싶어라.

호반의 벤치에 앉아서

나는 호반의 벤치에 앉아서
님에게 편지를 쓴다.

지금은 어디에서 무엇을 하고 계실까?
얼굴은 어떻게 생겼을까?

님도 나만큼 나를 사랑하고 계실까?
나의 가슴은 그리움으로 가득 차오른다.

사랑이라는 두 글자는
왜 내 마음을 송두리째 앗아 갔을까?

하늘에는 하얀 뭉게구름이
하얀 조각 이불을 만들고

땅 위에는 오색 찬란한 꽃들이
울긋불긋 꽃 대궐을 만들어 봄의 제전을

꽃 그림으로 물들이고 있구나!
오! 아름다운 꽃들이여!

저! 푸른 호수 위의
하얀 나룻배는 젊은 청춘 남녀를 싣고

어디로 가고 있는 걸까?
나도 데려가다오.
나의 님이 계신 곳으로...

정녕코 어서 가서 우리님 만나고 싶구나!
님을 만나 함께 저 멀리
하얀 조각배를 타고 떠나야지.

피아노 쏘나타로 장엄한 슈베르트의
세레나데를 들으면서 우리는 가야지
환상의 세계로!

꽃같이 아름다운
환희의 세상으로….

한 떨기 장미화

장미화야, 장미화!
너 참 아름답도다.

내 가슴에 타오르는 사랑의 불꽃처럼,
정열적인 한 떨기 장미화!

너의 모습은 너무 아름답고
너의 빛깔은 어찌 그리도 고울까?

나는 너를 사랑한다.
그러나 너의 예쁜 모습도 시간이 가면 갈수록

시들고 말겠지. 나처럼 너도 시들어 가는구나
너도 시드는 게 싫겠지, 나도 너처럼 시드는게

싫단다. 그러나 나의 마음은 또 다르게 뜨겁게
성숙 되어가고 있단다.
인생, 청춘, 삶의 여정이

힘차고 새롭게 꽃을 피우며 다시 살아나고 있단다
나는 그리움과 사랑을 싣고서 저 멀리 보이는

아름다운 희망의 언덕을 달려가련다.
그 언덕 위에 하얀 집을 짓고
빨간 장미 꽃다발로

담장을 만들어서 가운데에는 노랑 대문을
달고 넓은 뜨락에는 파란 잔디를 깔고

하얀 벤치에 앉아서 요한슈트라우스 2세의
〈아름답고 푸른 도나우강〉의 왈츠를 들으리라.

그리운 내 님이시여! 어디 계시온지요?
언제 오시려나, 어서 오소서!

그대가 오시면 함께 왈츠를 추고 싶어요.
멋진 사랑의 왈츠를….

복숭아나무 그늘에 앉아서

우리 집 마당에 복숭아나무 두 그루 서 있네.
한그루는 천도복숭아, 한그루는 빨강 복숭아.

나는 빨강 복숭아나무 아래서 '괴테'의
〈젊은 베르테르의 슬픔〉을 읽고 있다네.

에메랄드처럼, 붉게 타오르는
선홍색의 사랑의 불꽃!

새악시 볼에 떠오르는 부끄럼같이
수줍은 미소!

이 모두의 의미는 무얼까?
사랑의 증표가 아닐까?

아! 불행한 젊은 베르테르여!
그대는 어이하여 약혼한 여자를 사랑했던가 ?

사랑이란 자기 목숨까지도 바쳐야만
진실한 사랑일까?

나는 그렇다고 말하고 싶네,

그렇겠지. 목숨까지도 바쳐야만
진실한 사랑이 아닐까?

'베르테르'의 사랑은 진실한 사랑이다.
사랑하는 사람을 위해 혼자 방에서
권총 자살을 했으니까,

그 마음 얼마나 아팠을까?
나, 이제 명상에 고이 잠겨본다.

짙푸르게 무성한 복숭아나무 그 그늘에

하얀 벤치에 앉아서, 오늘을 아니 영원한 나의 빛나는 삶을 찾아서
내 인생의 희망 등불을 찾아가야지.

나는 떠나리라. 더욱 아름답고 찬란한 무지개
꿈을 안고 나는 오늘도 힘차게 푸른 하늘을 향해서

순결하고 우아한 하얀 꿈을 싣고서 저 멀리
아름다운 희망의 언덕을 달려가련다.

빨간 앵두

오! 새빨간 정열의 핏빛 같은 앵두여!
너 참으로 아름답도다.

너의 모습은 선홍색의 에메랄드 보석보다
더욱 아름답고 짙푸르게 검붉은 청 녹색

나뭇가지 위에는, 알알이 빛나는
빨강 옥구슬로 촘촘히 박혀져 있구나

방울방울 맺혀져 있는 그 아름다운
빨간 앵두를 한 알을 따서 입속에 넣어본다.

달콤한 사랑의 입맞춤처럼
너무나 다디달다.

오늘도 나는 뜨거운 태양 아래서
녹음이 우거진 무성한 라일락 그늘 아래서
'헤밍웨이'의 〈태양은 다시 떠오른다〉
라는 책을 읽고 있다.

그 어디에서도 맛볼 수 없는 위대한 사랑의
향기를 맡으면서 환희와 열락의 기쁨 속에서
오늘도 아롱다롱 명상에 잠겨본다.

Red Cherry(빨간 앵두)

Oh! Cherry of passion likes red lighting blood!
You are a very beautiful.

Your appearance is more beautiful than
Bright emerald jewels. Black blue lighting

On top of tree branches, grain after grain,
The red jade marble be surrounded by thickly

When drop by drop hang up, the beautiful
Red cherry one pick up put it in the mouth

Likes kiss of sweet love, it is so many sweet
Today is too I am under the full hot sun,

Under the leafy shadow lush of Rairak
〈The sun rises again〉 in 'Hemingway'
read a book called.

Where ever even though never find that the greastest scent of love.
But I feel delight and joy in the pleasure

Today's too, I would be flooded
In the meditation with colorful.

사랑의 미로

오! 내 사랑은 6월의 갓 피어난 붉디 붉은
한 송이 어여쁜 장미!

오! 내 사랑은 피아노 선율에 맞춰 춤추는
달콤한 사랑의 속삭임!

그 사랑의 밀어에는
달콤하게 흐르는 아름다운 멜로디가 있지.

나의 멋진 님이시여! 그대는 정녕 아름답구나!
나, 이토록 그대를 깊이 사랑하노라

바닷물이 다 말라서 하얀 조약돌과 붉은 황토색
흙이 남는다고 할지라도 영원히 그대만을 사랑하리라.

하얀 바위가 따가운 햇살에
다 부서져서 하얀 모래사장이 된다고 하더라도

내 생명이 다하는 그 날까지 그대만을 한결같이
사랑하리라.

나의 님아! 오직 하나뿐인
그리운 그대! 나의 사람아!

그대와 내가
잠시 수백 수천 리를 떨어져 있다 해도
우리 두 사람의 사랑은 영원하리라.

나는 기다리리. 그대 오시기만을.
님이여! 사랑하는 나의 님이시여!

그대는 반드시 내게로 돌아오리라.
기다리고 또 기다리리.
내 님이 오실 때까지.

Maze of love(사랑의 미로)

Oh! My love is a beautiful very rose in the
June just blossomed.
Oh! My love is the sweet nothings Whispers

For love of dancing to the tune of the piano melody.
There are sweet falling a beautiful
Melody in the sweet Whispers of love.

Oh! My the greatest darling!
You are a awesome very beautiful! I am very deep
Love you. The sea water is all dried up,

Only one white pebbles and brown red clay
Leave still, I love you forever. Only even
Though the lock is all broken down

In the sun, it becomes a white sandy beach.
I will love you all the time until my life is gone.
Oh my darling! Only you one, my love!

You and me, a moment hundreds miles
and thousands miles in leave far away too,
We love each other with forever.

I wait for you. You coming soon. Lover,

젊은 날의 자화상

검은 삼단 머리 위에 무궁화꽃으로
꽃망울을 만들고, 파란 원피스에

하얀 페티코트를 받쳐입고,
하얀 하이힐을 신고

사뿐사뿐 교정을 누비는 그대는 누구인가?
왼쪽 옆구리엔 '김소월'의 시집을 끼고

자랑스럽게 온 세상이 내 것인 양 파랑 나비가
훨훨 춤추며 날아가듯, 노래 부르며 ,

춤추듯 걸어가는 그대는 누구였던가?
아! 그립고 보고 싶은 그 옛날의 나의 자화상!

이제는 내 젊은 날의 아름다웠던 자화상은
어디로 가버렸구나. 젊음이여, 청춘이여!

다시 한번 내게로 돌아와다오..
그 희열에 차고 환희에 가득 찬 새날이여!

다시 한번 내게로 돌아올 수 없을까?
나의 마음을 푸르른 백합화로 만들 수 없을까,
꿈이여 다시한번 내게로 와다오….

7월을 맞이하면서

7월은 청포도가 익어가는 시절!
알알이 포도송이 파란 색으로 물들어가네

하얀 빗방울 이슬에 맺혀 포도는 더욱 영글어 간다.
〈내 고장 칠월은 청포도가 익어가는 시절!〉 '이육사' 시인의 시가
생각날 때, 나는 옛 시인의 노래를 불러보리라.

아름다운 청포도 넝쿨 아래서
뚜루루루, 귓전에 맴도는 휘파람소리

시인은 노래 부른다.
그 옛날의 사랑 이야기를.

고독에 몸부림치는 옛시인이여!
그대의 향기는 멀리 까지

금, 은빛 꽃가루를 뿌리고,
그대의 가슴에 핀 사랑의 불꽃은

7월을 맞이하면서
영원토록 불타올라라.

Welcoming July(7월을 맞이하면서)

July is the days of green grape ripen!

Grain after grain, grape clusters go in colors and colors with blue.

White rain drop with dew drop

Grape is more ripen.

⟨My country's July is the days of green grape ripen.⟩

When I think poem of '이육사' poet,

I was sing song of old poet.

Under a vine the beautiful green grape

Sluggishly a low whistle on the ear.

Poet is poet a sing song. Love story

Of the once upon a time!

An old poet who lives in very solitude.

Your scent will be far away sprinkle of flower powder

of golden and silver light and

The flame of love in your heart will be

Burned in the seventh month for eternity.

여름

여름이 흥에 겨워 콧노래를 부른다.
물도 좋고 산도 좋아라.

저 멀리하는 아래는 거대한 알바트로스 새가
춤을 추고, 바다 위에는 까만 갈매기 떼가
줄을 지어 춤을 춘다. 오호 통재로다.

뜨거운 태양은 작열하고
짙푸른 대지의 꽃잎들도 바람에 살랑살랑
사래 짓을 하며 여름 찬가를 부르노라.

싱그러운 과일들 오곡백과가 무르익어 가고
푸른 야채들도 싱싱하게 자라는 여름은 정녕
풍성한 계절!
온 산천초목이 파란색으로 물들고
풀잎마다 이슬 맺혀 눈물짓누나!

청춘의 계절, 젊음의 계절, 사랑의 계절!
다 함께 노래를 불러라.

아! 갈대숲 사이로 시원하게 불어오는 바람이여!
뜨겁게 타오르는 한낮의 더위를 말끔히 씻어다오.

밤이 오고 있다.
여름밤의 적막감이 오고 있다.
우리의 꿈도 더욱 찬란하게
빛을 발하고 익어만 가네.

아이야! 어서 내품에 안겨라.
모닥불 피워 놓고 함께 앉아서
너와 나의 여름밤을 노래해 보자꾸나.

제목 : 여름
시낭송 : 박순애
스마트폰으로 QR 코드를 스캔하면
시낭송을 감상할 수 있습니다.

바다로 가자

〈바다로 가자 물결 두둥실 춤추는
바다로 가자.〉

갈매기도 짝을 지어 흥에 겨워 노래 장단에
춤을 추고 있구나. 은빛 파도가 넘실대는 바다로 가자.

남쪽 바다에는 흰갈매기가 하늘 아래서,
바다 위에서 뚜루루루 춤을 추고 있겠지.

시원한 바닷바람이 세차게 불어온다.
푸른 물결파도 위에 하얀 돛단배를 띄워라.

어화 둥실 두리둥실 내 사랑아!
흥에 겨워 콧노래가 절로 나는구나

파도여! 백구 춤추는 은빛 파도여!
시원한 바람아! 어서 불어라.

나의 온몸이 빙수처럼 시원해질 때까지!

님이여! 어서 오소서!
시원한 바닷가로 우리 함께 떠나요.

흥에 겨워 춤추는 망망대해로,
나와 함께 떠나요.

어화둥둥 두리둥실 콧노래 부르며
저 멀리 노 저어 가요.

나는 당신을 기다릴 거예요

나는 당신을 기다릴 거예요
괴로워도 슬퍼도 당신을 기다릴 거예요

세월이 흘러가도 내 마음이 아파도
나는 기다릴 거예요

당신이 어떤 기쁨을 원하는지
나는 알지 못해요

당신에게 어떻게 내가
사랑을 호소해야 할까요?

나는 사랑의 달콤함을
어떻게 말해야 할지 모릅니다.

어떻게 해야 당신과 단둘이 될 수 있는지
나는 아무것도 모릅니다.

사랑하는 그대여!
당신은 암흑 속에서 빛나는 에메랄드처럼

진분홍색으로 나를 유혹하고 그 넘치는
기쁨의 눈물로 나를 안아 주었지요

사랑하는 님이여! 그대는 우리 생애의
최고의 기쁨으로 나를 사랑 했었지요.

나의 생명, 나의 청춘, 나의 영혼이
다 하는 그날까지, 나는 당신을 기다릴 거예요.

당신이 나를 비록 버리고 간다고 해도
내 생명 다하는 그 순간까지 나는 당신을 기다릴 거예요.

가을이여 어서 오라

환희의 가을이여! 욕망의 가을이여!
푸른 쪽빛 하늘이여!

어서 오라 너는 어이하여 그렇게
청아하게 맑은 빛을 띄울까?

하얀 조각구름만이 하늘을 유유히 흘러가는구나.
나는 눈을 감고 깊이 생각에 잠겨 본다.

영국의 시인 윌리엄 워즈워스의 〈무지개〉가 생각난다.
그 시인은 말했지.
"하늘의 무지개를 바라보노라면 내 가슴은 뛰노라 "

어른이 되어서도 아이처럼
하늘의 무지개는 내 가슴을 설레게 한다.

가을은 귀뚜라미 소리가
귀뚤귀뚤, 매미 소리는 맴맴
쓰르라미 소리도, 쓰르람 쓰르람
연속으로 박자를 맞춘다

넓은 들판에는, 노란 참외와 빨간 토마토,
빨간 고추, 노란 수박, 파란 수박,

파란 오이, 검붉은 콜라비
하얀 옥수수, 고소한 땅콩,

새빨간 비트 온갖 자연의
만물들이 풍성하게 익어가는
가을이 참으로 좋다.

인류에게 생명의 뿌리를
길러주는 가을,

그래서 나는 가을을 사랑한다.
사랑하는 모든 벗님이여!

우리 다 함께 가을을 찬양하는 노래를 부르자.
축배의 잔을 높이 들고 청춘의 노래를 불러보자.

가을 신부

하얀 드레스를 입고 사뿐사뿐
내게로 걸어오는 나의 가을 신부여!

그대의 모습은 들에 핀 하얀 백합보다 더 아름답고
새빨간 양귀비보다 더 요염하구나!

머리에는 하얀 백합 월계관을 쓰고
두 눈은 흑진주보다 더욱더 샛별처럼 빛나는구나

오뚝한 콧날에, 앵두 같은 입술은 핏빛으로 물들었구나
백옥처럼 빛나는 하얀 고운 살결은 하늘에서 내려오는
눈송이처럼 눈부시게 하얗구나.

가슴에는 빨강 장미와 노란 데이지꽃,
하얀 안개꽃으로 장식을 한 꽃다발을 한 아름 안고

방긋방긋 미소 지으며 내게로 오는
나의 가을 신부여! 기쁨에 몸을 떠는 아름다운 신부여!

어서 오소서! 그대의 발걸음 소리에
내 가슴은 쿵쿵 쾅쾅 뛰고, 숨결은 거칠게 파도치며 설레노라.

아! 그리운 나의 사랑하는 가을 신부여!
어서 내 품에 안겨다오.

그대의 사랑스러운 입술에 입맞춤을
하고 싶어라. 나의 사랑 나의 가을 신부여!
어서 떠나자!
우리를 기다리는 행복의 아름다운 나라로...

코스모스 피어 있는 길

코스모스 피어 있는 꽃길을 사뿐사뿐
걸어가는 저 여인은 누구일까?

꽃잎에 입 맞추고 좋아라 노래하며
춤추는 저 여인은 누구일까?

아! 나는 알았네. 이제야!
그 여인은 가을바람에 실려 온
가을 여인이 아니던가?

청춘의 심볼인 가을 여인.
그대여! 너무나 어여쁘도다.
청춘은 젊음의 표상이어라.

코스모스 피어있는 꽃술 속에서
벌 한 마리가 달콤한 꿀을 먹고 있네.

벌은 나비에게 손짓한다.
어서 와서 함께 먹자고.

벌과 나비는 꽃술 속에서 열심히
꿀을 훔쳐댄다.

코스모스는 바람 따라 한들한들
춤을 추고, 그 향기는 온 세상에
달콤한 사랑의 향수를 뿌려댄다.

아! 그리운 나의 님아! 어서 오거라.
꽃향기 찾아서 내게로 오라.

코스모스가 피어있는 꽃길 사이로,
춤추며 노래하며, 어서야 가자.

들국화 향기

샛노란 들국화 향기 속에서 새들은
불꽃처럼, 나비처럼 높이 솟아올라
하늘을 비상한다.

새로운 창조의 숲을
맞이하기 위해서 황금 들판을 지나서
푸른 창공으로 아름다운 무희처럼
훨훨 날아오른다.

들국화 향기는 사랑의 실마리를 움켜잡고 뜨겁게
새로운 숨을 헐떡이며 힘차게 뿜어 댄다.

오! 강인하고 꿋꿋한 너의 모습
들국화여!

모진 비바람 속에서도
생명의 끈을 놓지 않았구나.

너의 모습은
고고 하다못해 청초하기까지 하구나.

여름의 향기는 아직도 장미 곁에서 발을
멈추고 떠날 채비를 하지 않고
휴식을 즐기고 그리워하네.

단풍잎은 곱게 물들어 가고 있는데
노란 들국화의 향기는 꿈속에서
아직도 잔잔한 미소를 머금고 있네.

마치 누군가를
기다리듯이 행복한 모습으로
방긋이 미소를 짓고 있구나.

제목 : 들국화 향기
시낭송 : 박영애

스마트폰으로 QR 코드를 스캔하면
시낭송을 감상할 수 있습니다.

Scent of wild chrysanthemum(들국화 향기)

In the scent of yellow chrysanthemum
Birds fly high like a butterfly and fly sky
Ward like fire flowers.

To welcomes new
generation of creative woods, it flies
Past the golden field and flies like a beautiful dancer
in the blue sky.

The scent of wild
chrysanthemum dominates the scent of love exhaling breath.
Oh! Be strong, strong and strong!
You have never laid bar the cords of life
In spite of the heavy rain and wind you looks
Beautiful and elegant.

The scent of summer is
Still besides the roses stop walking and relax
And enjoy relaxing and missed.

The maple leaves are still fading beautifully.
The scent of yellow chrysanthemum still lingers in my
dreams. In a happy appearance smile as if
Someone were waiting for somebody.

그대를 사랑하리라

그대를 사랑하기에 나는 그대의 마음의
별을 살포시 따 왔도다.

그대가 나를 영원히 잊지 못 하도록
그대에게 사랑을 속삭였어요.

그대와 함께 손을 잡고 먼바다 항구가 있는
'오스트리아'의 '도나우강'으로 떠날까요?

푸른 물결이 은빛 파도를 가르며 끝없이
망망대해를 항해할까요?

하늘에는 기러기 떼가 기쁨에 춤을 추고
우리들의 사랑을 축복해 주고 있어요.

아! 어디선가 솔솔바람이 불어오네요.
시원한 사랑의 바람아! 축복의 신의 바람아!

우리들의 사랑이 꽃피울 때까지, 불어다오.
폭풍우 지난 뒤의 무지개처럼,

사랑의 색채를 더욱 황홀하게 보여다오.
나는 그대를 사랑하리라.

이 생명 다하는 그 생애 최고의 날까지.

바다

오! 은빛 파도가 광란의 물빛 도가니 속에서
현란하게 춤을 추고 있구나.

저 멀리서는 바다의 교향곡이 울려 퍼지고
하얀 조각배는 '알바트로스' 새가 있는
남국의 바다로 흘러가고 있네.
그곳은 얼마나 아름다운 곳일까?

남국의 왕자와 공주가 사랑의 밀어를
속삭이고 있을까?

하얀 돛단배는 은빛 파도에 실려서
정처 없이 흘러만 간다.

나도 하얀 조각배를 타고 멀리
저 멀리 아득히 먼 곳으로
내 마음도 따라가고 싶다
저 구름 흘러가는 곳으로.

제목 : 바다
시낭송 : 박영애
스마트폰으로 QR 코드를 스캔하면
시낭송을 감상할 수 있습니다.

Sea(바다)

Oh! The silver waves are dancing
Brightly in the frenzy of the wild water.

From a far the symphony of sea rambles
And the white boat flows to the south

Of the albatross. How beautiful it is!
Is it place? Is the prince and princess

Of the south whisper the love of love?
A sailing boat is carried away by

a silver waves. I would like to ride
White boat too. Far away,

To far away place
l am going to follow with my heart.

그대를 사랑했기에

그대를 사랑했기에, 나 여기 그대를 찾아
그대 곁에 와 있습니다.

그대를 지키려, 그대가 보고 싶어
이 뜨락 위에 서 있어요.

그러나 보이는 건 그대의 강아지뿐,
그대는 어이하여 보이지 않는가요?

보고 싶고, 그리워서 빗속을 쉬지 않고
하염없이 달려왔어요.

그대의 뺨에 나의 뺨을, 그대의 가슴에,
나의 가슴을 마주 대고 껴안고 싶어서
저 먼 길을 마다치 않고 달려왔어요.

아! 그러나 나의 님은 왜 보이지 않나요?
가을 꽃동산으로 소풍을 가셨나요?

나는 또 낙엽 진 오솔길을 걸어갑니다.

낙엽 빛깔은 외롭고 쓸쓸하네요.

우리 인간도 언젠간 낙엽처럼
저만치서 혼자서 뒹굴고 있겠지요.

내 님을 찾으면 난 사랑의 밀어를 속삭일 거예요.
가을 노래 부르며 팔짱을 끼고 나란히 숲속을 거닐 겁니다.

추석을 맞이하여

아! 그리운 나의 사랑하는 아버지 어머니!
추석이 서서히 다가오고 있습니다.

아버지, 어머니 추석을 맞이하여 안부 인사드립니다.
바람, 구름, 태양, 강물이 시 분 초침과 함께 다람쥐
쳇바퀴 돌듯이 열심히 돌아가고 있어요.

세월은 유수와 같아요. 그리워지고 보고 싶은
어머니, 아버지! 저도 언젠가는 부모님의
곁으로 가서 함께 생활할 수 있을까요?

아니면 저세상에서 홀로 외로이 뒹굴어야 하나요?
저는 그것이 가장 궁금해요.
영혼이라도 만날 수 있을까 하는 믿음 말이죠.

참, 어머니 아버지가 계신 곳은 평안하신가요?
어디 아프진 않으신가요?

두 눈엔 뜨거운 눈물이 흘러내려 편지를
쓸 수가 없어요. 저는 오늘도 행복을 찾아서

아니 무언가를 찾아서, 아둥바둥 잘살아 보려고
몸부림을 치며 열심히 달려가고 있습니다.

언제 죽을지도 모르면서 …
그러나 사는 날까진 살아 있다는 것에
감사하며 충성을 다해서 살아야 하겠지요.

사랑하고 존경하는 아버지, 어머니!
제가 갈 때까지, 평안하시길 바랍니다
즐거운 추석 연휴 하늘나라에서
행복하게 잘 보내세요.

추석을 맞이하여
저의 마음의 표상과 영혼의 안식을 위해
편지 띄웁니다.

영원히 행복하세요.
별처럼 빛나는 나의 아버지 어머니시여!
평안하소서!

가을 향기

가을 향기에 꽃 가마 타고 오시는 나의 님이시여!
산천초목의 푸르름이 새빨갛게 익어가는

가을 향기를 따라서 풀 벌레 소리는 요란하고,
가을 들판은 황금빛으로, 불꽃 같은 파노라마 물결이
출렁이는구나.

노란 메뚜기, 검은 메뚜기가 이리저리 춤을 추고,
고개 숙인 벼 이삭들은 가을의 꽃향기에 취해서

바람에 살랑살랑 고갯짓을 하며
가을을 노래 부른다.

아! 가을인가?

물동이에 곱게 떨어진
가을 잎 하나 보고 물긷는 아가씨가 고개 숙이네.

아! 산천은 의구한데, 나의 마음과
육체는 왜 이다지도 변하였을까?

나는 어디를 향해서 가고 있을까?

구름이 흘러가듯, 바람이 흘러가듯
세월이 흘러가고 있구나.
나도 나의 길을 가련다.

해와 달과 별처럼 영원히 변하지 않는
빛처럼! 그 아름다운 에메랄드 보석처럼

나 그대를 만나러 가을 향기 맡으며, 떠나리라.
그대를 지키기 위해, 그대 곁으로 달려가리라.

동행

함께 손잡고 걷고 싶은 그대여!
함께 웃으며 행복하게 사랑을 나누고 싶은 그대여!

지금 나는 그대를 만나러
은하수 강가를 걸어가고 있습니다.

그대는 달이 되고, 나는 별이 되어
우리 두 사람은 영원히 함께 하늘에서

세상을 밝게 비추면서 살아가고 싶습니다.
그대, 지금 무엇을 하시나요?

새빨갛게 익어가는 단풍 진 벤치에 앉아서
'구르몽'의 〈낙엽〉을 읽고 계시나요?

아니면, '워즈워스'의 〈초원의 빛〉을 읽고 계시나요?
'구르몽'은 외치고 있지요

"가까이 오라. 우리도 언젠가는 낙엽이 되리니,
가까이오라. 이미 날은 저물고,
바람은 우리를 감싸고 있다."고,

우리도 언젠가는 낙엽이 되어
땅 위에서 혼자서 뒹굴고 있겠지요.

우리는 영원히 동행은 할 수가 없어요.
혹시 그대가 빗물이 되고, 내가 강물이 되면,

나는 그대를 껴안고 푸른 바다로 멀리멀리 떠날 거예요.
그러나 저 세상에서 그대를 만나면,

그대는 북극의 왕자가 되고
나는 남극의 공주가 되어 우리는 동행을 하여

저 멀리 은빛 파도를 타고 환상의 세계로
나아 갈 것입니다.

가을하늘

푸른 가을 하늘아! 오늘은 어찌하여
저리도 드높고 맑은 고운 빛을 띠었을까?

어디서 왔길래 저리도 곱고 샛말갛게
깨끗하고 구름 한 점 없는 너!

너의 모습은 너무나도 순결하구나!
푸른 창공에 하얀 조각배를 그려볼까?

아니면, 오선지를 그려 그 위에 노래를
적어 볼까? 〈하늘가는 밝은 길이〉를 '기타'로 쳐볼까나,
아니면, '피아노'로 둥둥거려 볼까나.

내가 가을 소녀가 되어
〈꽃구름 속에〉를 연주 해 볼까?

옛날처럼, 파란 드레스를 입고,
머리에는 빨간 장미꽃을 꽂고

호반의 벤치에 앉아서
가을 노래를 부르고 싶구나.

낙엽이 곱게 물든 꽃구름 속에서,
꽃향기에 취해서 나는 '클래식'으로 '바이올린'을 치겠노라.

나의 노래가 저 멀리
하늘 끝까지 들릴 때까지 부르리라.

사랑의 기도문

오! 할렐루야 아멘!
거룩하시고 존귀하시며 사랑이 많으신

우리의 하나님! 저희는 무릎을 꿇고 회개하며
엎드리어 감사의 기도를 드리고 있습니다

십자가에 피 흘리며 돌아가신 예수님!
발은 묶이고 손은 못 박히시고

우리의 죄를 구원하시기 위해
당하신 그 처참한 광경은 상상만으로도 끔찍한 모습이지요.

그러나 우리들의 죄를 구원하시고 삼 일 만에
부활하시었어요.

예수님의 사랑과 빛은 이 세상에서
빛과 소금처럼 없어서는 안 될 귀중한
보화보다도 값진 것으로 찬란하게 빛나고
있습니다.

저희는 예수님의 빛과 사랑과
영혼의 발자취를 따라가려고 노력하고 있습니다.

오곡백과가 무르익고 산천초목이
붉게 물드는 아름다운 이 금수강산에
풍성한 가을을 맞아 더욱 믿음과 사랑으로 기도합니다

사랑의 하나님! 병든 자를 치유해 주시고,
가난한 자를 부유케 하시며,

불행한 마음을 가진 자를
저 높은 곳을 향하여 행복으로 이끌어 주시고

모든 인류가 머무르는 이 세상에는
하늘에는 영광을, 땅 위에는 평화를 내려 주옵소서!

저희의 기도를 들으시고
모든 인류가 영광의 나라로 갈 수 있도록,

자비와 온유와 사랑을 베풀어 주옵소서!
감사합니다.

예수님의 이름으로 감사 기도
드립니다. 아멘!

낙엽

오! 붉디붉은 아름다운 가을의 숲이여!
그대는 어이하여 이리도 새빨간 석류처럼

어여쁘고 향기로운 곱디고운 붉은 새 옷으로 치장을 하였나?
누구를 유혹하려고 더욱더 새빨갛게, 샛노랗게

오색 찬란한 홍염의 빛깔을 뿜어내고 있는가?
나는 그대의 모습에 반하고 향기에 취하여
넋을 잃고 황홀함에 바라보노라.

가을 숲이여! 영원히 아름다운
자태로 있어 주려무나

아! 그러나 낙엽이 되어 한잎 두잎 바람에 실려
낙엽은 외롭게 떨어져 있구나.

우리네 인생처럼.
고운 자태는 시들어 땅에 떨어지고,
낙엽은 외로이 사람들의 발에 밟히면서 혼자 뒹굴고 있다.

프랑스 시인 '구르몽'은 말했지.
"낙엽의 영혼은 울고 있다고. 밟힐 때마다. 시몬 너는 좋으냐?
낙엽 밟는 발자국 소리가, 가까이오라."

우리도 언젠가는 낙엽이 되리니. 세월도 가고
가을도 가고, 인생, 구름, 바람도 서서히
어디론지 흘러만 가는구나.

낙엽이 떨어져 가는 것처럼...
사랑도 멀리멀리 사라지리라.

가을 사랑

가을 사랑 단풍아! 낙엽아!
내가 사랑하는 가을의 아름다운 정경이여!

너무도 황홀하여 나의 눈은
환희에 반짝이는구나!

낙엽 진 오솔길에서 찬란한 가을 사랑에
입 맞추고 연인과 함께 손깍지 끼고
사랑의 밀어를 속삭이며 마냥 끝없이
걷고 싶은 가을의 계절아!

나는 짙푸른 가을 하늘을 바라보며
나그네 되어 공상과 허상에 잠겨 본다.

가을에 맺혀지는 사랑의 꽃 아름다운 열매여!
다시 한번 불러 보고 싶은 그대 이름이여!

그리스의 태양신보다도 더 밝게 빛나고
빨간 에메랄드 보석보다 더 반짝이는 그대 모습이여!

불꽃처럼 타오르는 정열을 가지고 내게로 오세요.

나는 가을 사랑에 몸부림치며
그대의 모습을 기다리겠어요.

 제목 : 가을 사랑
시낭송 : 최명자
스마트폰으로 QR 코드를 스캔하면
시낭송을 감상할 수 있습니다.

가을 여행

스칼렛의 진분홍색 옷깃을 여미고
걸어가는 그대는 누구인가요?

내가 그리워 나를 찾으러,
가을 여행을 오신 나의 연인이 아니신가요?

낙엽 진 오솔길을 걸으며, '예이츠'
의 〈낙엽〉이란 시를 읊조리며,
"그대는 지금 걷고 있나요? 나는 알아요.
당신이 얼마나 낙엽이란 시를 좋아하는지를…"

가을엔 빨간 꽃, 노랑꽃, 파랑꽃들이
환상의 커플로 지상낙원을 노래하고
반기고 있어요.

그대와 내가 낙엽 진
오솔길을 사각사각 걸으면,

낙엽은 외롭다고 신음(呻吟)을 내지요.

아니, 슬픔의 현의 소리로 흐느끼듯
곡성의 합창을 할 겁니다.

사랑하는 그대여! 어서 가세요.
삶의 빛이 더욱더 찬란하게 빛나는

저 높고 푸른 가을하늘 아래로
여행을 떠나요.

하얀 눈길

하얀 눈길을 사뿐사뿐 걸어가는 그대 여인이여!
그대의 모습은 하얀 초롱 눈꽃 속에서
님 그리워 눈물짓는 구나!

언젠가는 오시겠지, 만나자는 기약은 없지만...

하얀 눈이 펑펑 내리던 날,
우리는 검정 우산을 쓰고,
마냥 하얀 눈길을 걸어갔지.

끝없이 펼쳐진 하얀 눈 꽃밭 속에서
눈싸움도 하고, 흥에 겨워
목청껏 노래를 불렀다.

'연가'라는 노래를...
얼마나 멋진 노래이던가?
얼마나 그리웠던 그 옛날의 노래이던가?

다시 한번 그대 그림자라도 내게 한번 비쳐
주었으면, 좋으련만,

그대는 가고, 이제 나 홀로 아름다운
이 하얀 눈길을 다독이며 나는 걸어가노라.

그대 발자국의 자취를 찾으며,
나의 동공은 허공에서 그리움의 이슬로 눈물짓노라.

아! 그리운 그대여!
사랑하는 그대여! 부디 행복하소서!

12월을 맞이하여

아! 세월은 잘 간다.

나는 나는 흘러가는 세월 속에서
나의 모토(목표)를 향해서 달려간다.

열심히... 꽁꽁 얼어붙은 풍파 속에서,

비애와 시련의 올무 속에서,
아쉬움을 뒤로하고 마지막 잎새처럼,

마지막 한 달을 공전과 회전을 하면서
머릿속으로, 동그라미를 그려 봐야지.

마지막 동그라미에는 무엇이 들어있을까?
사랑과 기쁨, 슬픔과 비애,

온갖 잡동사니 생각들이
나의 마음을 뒤흔들어 깨운다.

오호라. 마지막 한 달이 아니라 새로운
창조의 기쁨을 맞이하려는 12월의
사랑의 축제가 열리는구나,

12월은 오늘도 신의 창작집 속에서
가장 아름답게 빛나는 별,
시리우스가 아닐까?

나는 어느 길로 가야만 하나?

나는 어느 길로 가야만 하나?

아득히 먼 좁은 길을
나 홀로 외로이 걸어가고 있다.

불꽃처럼 타오르는 두 눈의 정열은
저 멀리 지평선을 바라보며,
동행자 없이 홀로 걸어가고 있다.

누가 나와 같이 동행을 해주면 얼마나 좋을까?
나는 왜 쓸쓸히 가야만 하나,

아아! 슬프도다.
어차피 인간은 혼자서 가야만 하는 것을...

오늘도 나는 애증의 증표를 한 손에 쥐고
열심히 행복을 찾아서 떠나간다.

오! 존귀와 영광의 하나님이시여!
저의 갈 길을 밝혀 주소서!

저는 어느 길을 가야만 할까요?

영광의 반석 위에 서서 좁고
험한 가시밭 길을 간다고 맹세를 했다.

그 길은 생명의 길, 영광의 길,
찬란하게 빛나는 영생의 길,

오늘도 빨간 장미꽃이 뿌려진
하얀 날개 위로 나는 비상하리라.

나는 가리라. 나의 길을 가리라.

여행

자! 떠나자.
행복이 넘치는 멋진 세계로 여행을 떠나요.

바다 위에는 흑갈매기가 날고
하얀 기선은 붕 소리를 내며 은빛 파도를 가로지른다.

무섭게 파도치는 바다여!
파랗다 못해 검푸른색으로 출렁이고 있구나.

온 세상을 반짝반짝, 주렁주렁 매달려
춤추고 있는 유리성의 감귤이여!
어찌 그리도 아름다울까?

모든 유리 조각들이 모여
황홀한 유리성을 만들었구나.

유리그릇의 신비스럽고 오묘한
모양을 어떻게 표현하오리까.

파란 잔디를 걷고 있는 평화의 검은 말.
하얀 순백색의 사슴들,

이 모두를 바라보고 있노라면,
내 가슴은 환희에 벅차오른다.

아! 내가 사는 내 나라가 이렇게 아름답고
평화가 깃드는 금수강산이라는걸,

나는 이제야 알았도다.
나는 가리라.

가로등 하얀 불빛을 받으며
사랑의 꽃이 피는 스윗트 홈(달콤한 집)을 찾아서

너도 가고,
나도 떠나련다.

성탄절과 새해를 맞이하여

드디어 새날이 왔도다.
광명의 거룩한 날이 왔도다.

우리 모두 무릎 꿇고 하나님께 경배드리자.
하늘에는 영광이요, 땅 위에는 평화로다.

어서 오소서! 마음속에 영광과 축복이 가득하소서!
모든 사랑 하는 자들에게 감사와 찬양을 주옵소서!

영광의 하나님, 구원의 하나님!
가난한 자에게 부유함을,

병든 자에게
치유함을 주소서!

마음이 강퍅한 자에게 사랑의 종소리를
들려주시고,

비탄과 슬픔에 우는 자에게
기쁨의 노래로 찬양해 주옵소서.

천둥 번개 지진도 사랑의 열정보다는 약하고,
푸른 하늘 무지개 예쁜 꽃들도
사랑만큼 아름답지 않아요.

거룩하고 존귀하신 하나님이시여!
성스럽고 거룩한 아름다운 이 밤을
사랑의 물결로 파도치게 하소서!

나 그대를 지키리라

봄의 뜨락에 서서 나 그대를 지키려고
발길을 옮기고 있다오.

하얀 눈 위에 점 하나하나 그리며
그댈 향해 걷고 있어요.

그대 향기 찾아서 설레는 가슴을 안고
'요한 스트라우스'의 〈봄의 왈츠〉를 부르며
걸어가고 있다오.

그대여! 사랑하는 님이여!
너무 걱정 말아요.

어려워 낙심 할 때도, 위험한 일을 당해도
너무 슬퍼하지 마세요.

그대가 가는 곳이라면,
어디든 가오리다.

나는 샤론의 꽃 수선화요
저 높은 산골짜기의 백합화로다.

나는 천상의 별꽃처럼

빛나는 그대를

영원히 영원히 지켜오리다.

제목 : 나 그대를 지키리라
시낭송 : 박순애

스마트폰으로 QR 코드를 스캔하면
시낭송을 감상할 수 있습니다.

봄 아가씨 오시네

넓은 들판에 서서 아득히 먼 산을 바라본다.
저 파란 들판은 새 풀옷으로 갈아입고

민들레, 꽃다지, 냉이, 고들빼기 등등
모든 식물은 파룻파룻 새싹이 돋아난다.

봄 아가씨는 어떤 모습으로 오시려나?
하얀 구름 너울 쓰고 오시려나?

아니면 오색 꽃 찬란하게 빛나는 꽃구름 속에서
봄의 향기 뿜으며 꽃 마차 타고 오시려나?
초동아! 풀피리 부는 목동아!

불꽃 가슴으로, 꽃다발 한 아름 안고 오는
저 어여쁜 봄 아가씨를 마중 가야지.

빨간 입술에 입 맞추고, 힘껏 품에 안고서
그녀의 고운 볼을 어루만져 주고,
사랑스러운 봄 아가씨를 살며시 안아주려무나.

Here is coming spring girl
(봄 아가씨 오시네)

Stand in a wide field and gaze far up
The mountain.

Change that the blue field
Into a new grass suit all the plants, such as
What comes spring girl look like?

Are you going to wear a white cloud cover?
Or would you like to ride on a flower~car,

Exhaling the scent of spring from
the brilliant flowery clouds?
A child born early! Sing a reed pipe
Shepherd boy!

Pretty young lady with
A bunch of flowers on her chest,
kiss the lip, hold it in your arms, and pat
Her fine cheek. lovely spring lady of cheek
Soft hug.

목련꽃 그늘 아래서

목련꽃 그늘 아래서 그대의 편지를 읽고 있습니다.

가슴에 파란 꿈을 안고, 먼 산을 바라보며,
그대 보고픔에, 내 눈은 이슬이 되어,
눈물이 촉촉이 흐르고 있다오.

지금 내 마음은 그대 있는 저 먼 곳으로,
그리움에 사무쳐서, 마냥 달려가고 있어요.

그대는 지금 무얼 하시나요?
하얀 벤치에 앉아서 '윌리엄 워즈워스'의 가슴 설레는
〈무지개〉를 읽고 있나요?
아니면, '에드거 앨런 포'의
〈에너밸리〉를 낭송하시나요?

나는 다 알아요.
당신이 나를 얼마나 사랑하는 거를…

목련꽃이 하얗게 피는 날이면,
그대와 나는 손잡고,

그 그늘 아래서,
사랑의 밀어를 속삭이렵니다.

그리움에 젖어
그대와 나는 영원한 피앙세가 되어

저 먼 곳,
피안의 세계로,

아름다운 꽃길을,
따라갈 겁니다.

Under the shadow of magnolia
(목련꽃 그늘 아래서)

Under the shadow of magnolia,
I am reading your letter.
In the heart what green dream hug,

Looking far away mountain, and
My eyes tears falling, because of you so see,

Now, In My heart, where you are far away to
Place, I missed you, go on running.

What are you doing now?
In set white bench,
Do you reading that rainbow; my heart
Leaps up of William words worth,

Or Annabelle of Edgar Allanpoe?
I know well what you love me
So much.

You and me, hand in hand,
In the days white blossom magnolia,
Under the shadow,

Whisper the secret talk of love,
You and me, will to be the eternal
Fiance's and we will go along
The beautiful flower paths.

봄의 연가

햇빛 찬란한 석양 노을에,
봄의 연가는 내 귓전에
달콤한 사랑을 속삭인다.

희망과 행복의 씨앗을 달고,
봄의 향기는 살며시 내게로 온다.

시냇가 졸졸 흐르는 얼음장 밑으로,
'요한 슈트라우스 2세'의 〈봄의 왈츠〉와

'차이콥스키'의 〈꽃의 왈츠〉가 어우러져
환상의 즉흥곡을 연주하는 듯하다.

아! 아름답게 빛나는 오색 찬란한
새싹의 봄날이여!

청라 언덕과 푸른 숲속으로
꽃 가마 타고 오시는 봄의 여신이여!

그대의 향기에 취해
'봄의 연가'는 그리움을 안고

멀리 푸른 창공을 향해
광란의 팡파르를
울려댄다.

어버이 은혜

살아생전에 못다 한 효도
이제 후회하면 무엇하리오.

아버지, 어머니!
목 놓아 불러 봅니다.

뼛골이 티끌과 흙이 되어
넋이라도 계신다면,
왜 꿈에라도 제게 못 오시나요.

아! 그립고 보고 싶은 나의 부모님,
풀잎 보다 더 못한 우리네 인생,

무엇을 위하여 어디로 가는지,
그저 발길 닿는 대로 정처 없이 가고 있어요.

아! 사랑하고 존경하는 나의 부모님,
저도 서서히 어버이와의 재회의 날을 기다리고 있다오.

내가 그토록 사랑했던
어버이의 높으신 뜻을, 고이 받들어,

저 높은 곳을 향하여
날마다 새롭게 나아가렵니다.

어버이시여! 사랑하는 나의 어버이시여!
편안히 천국에서 고이 잠드소서!

중국 여행

오늘은 어디로 여행을 갈까?
거대한 나라인, 중국 여행을 떠난다.

내 마음의 물결은 기쁨으로 춤춘다.
"띵하오" "안녕하세요" 중국어를
약간 배워서 좀 하고 있다.

양쯔강 하류를 구경하고, 상하이
황주 황산을 휘돌아다녔다.

황산의 서해 대협곡의 기암절벽,
다리 떨며, 사진 촬영에 정신이 없다.

이리 보아도 절경이요.
저리 보아도 무릉도원 구곡 강산이라.

산장 호수에 유람선을 타고, 호수를 바라보니,
진시황과 사대 미녀인, 초선, 서시, 왕소군, 양귀비의
아리따운 모습들이 한 사람씩 떠오른다

멋진 송산 가무 쇼를 보니 중국의 무예
가무의 화려함을 알 수 있다.

이제 전 세계에서 세 번째로 큰 나라에서,
내가 바라는 소망은 무엇일까?

우리나라의 김구 선생과 그 외 독립운동가들이
활동했던 임시 정부가 속히 대한민국의 품으로 안길 날을 기다린다.

나라를 위해 타국에서 영면하신 애국자님들에게
진심으로 고개 숙여 명복을 빕니다.

방긋 웃는 장미꽃

방긋 웃는 장미꽃,
곱게도 활짝 미소 짓고,
사르르 눈감고 방긋이 웃네.

한 송이 두 송이 손짓하며
장미는 고운 빛깔로 새빨갛게 피어난다.
코를 찌르는 아름다운 향기에 취해
힘껏 너를 품에 안고서 너의 고운 얼굴에
입 맞추고 싶지만, 가시에 찔릴까 두렵도다.

정열의 여왕이여,
불꽃처럼 타오르는 환희의 요정이여!

내가 가장 사랑하는
붉은 스칼렛의 아름다운 장미여!

너의 붉은 심장은
유혹의 손길로
자꾸만 내 마음을 불태워

빨갛게 서녘 하늘로 날아가서
그리움만 초연히 쓸고 가는구나.

사랑의 기도

사랑의 기도를 드리나이다.

성령의 불꽃 같은 눈동자로
모든 인류를 아름다운 사랑으로
지켜주옵소서!

천국으로 승천할 때까지
인도하시고 보호해 주옵소서!

밝고 깨끗한 가을의 무성한 꽃잎들이
밤하늘에 반짝이는 샘물 같은
사랑의 불꽃으로 강림하게 하옵소서!

모든 자들의 가슴속에 불타오르는
최고의 불빛이 광명으로

새 역사를 창조하여
환하게 비춰 주옵소서!

앞날에 영광과 축복이
가득하게 하옵시고

은혜로운 아름다운 날 들만 있게 하옵소서!
주님의 이름으로 감사 기도합니다.

6월의 마지막 밤을 그대와 함께

그대, 어서 오라.

유월의 마지막 밤을
그대와 함께 보내려 하오.

꽃이 곱살스럽게 피어오르고,
새들은 지저귀며 사랑을 속삭인다.

그대와 나는 무수한 별들을 바라보며,
늘 푸른 대자연의 빈터에 사랑의 꽃씨를
뿌려 댄다.

이 뿌리는 영광의 씨앗은
희망과 꿈을 심어다 주고,
환희의 열매를 맺히게 하는,
낭만의 꽃씨로다.

그대와 내가 불꽃처럼 살아가야 할
이유가 이 유월의 마지막 밤에 있다.

오늘도 어제처럼,
유월의 마지막 밤을,
내 생애 단 한 번의 가장 빛나는,
영롱한 진주가 되고 싶다.

그대는 아시나요?

나에게는 가장 아름답고,
오묘한 사랑의 꽃별이

가슴속 깊은 곳에서,
찬란하게 빛나고,
있다는 진실을.

그대 먼 곳에

그대 먼 곳에 있지 않나요?
아니에요.
그대는 나의 가장 가까운 곳에서
나를 지켜보고 있어요.

나는 어젯밤 꿈속에서도
그대의 아름답고 멋진 모습을 보았어요.

꿈속에서도, 그대는 눈부시게
빛나는 여신보다도

가장 빛나는 정열의 붉디붉은 멋진,
왕자와 같은 모습으로 나타났어요

먼 곳에서 들려 오는
'G 선상의 아리아'가

내 귀에 사랑의 종소리를
들려주고 있어요.

영원한 천상의 세계에서
나를 부르는 듯,

그대 목소리가
점점 가까이 오는 듯해요.

어서 와서 우리 두 사람
두 손 잡고 멀리 바다가 있는
시원한 파도를 따라

나는 먼 곳에 있는
그대를 만나기 위해

지금, 이 순간 떠나려고 합니다.
내가 갈 때까지 꼭 기다려 주세요.

임이라 부르리까

하얀 박꽃 같은 그리움이 내 가슴에서 피어오른다.

그리움에 젖어 구슬 같은 눈물방울이
새하얀 블라우스 옷깃을 적신다.

꿈속에서도, 화사한 꽃길을, 손깍지 끼고
나란히 걸어가는 남녀의 아름다운
자태는 환상의 커플이다.

그대는 나에게 한 떨기 장미꽃,
나는 그대의 우뚝 선 등댓불 빛이라네.

나는 새빨간 장미꽃을 비추는
환희의 등불이요,

은하수 강가에 빛나는
열락의 꽃별이어라.

오! 그대는 나의 임이어라.

은빛 파도 소리가 철썩철썩
들리는 해운대 바닷가에서

오늘도 그댈 향해 임이라 부르며,
바다의 교향시를 노래 부른다.

임이여! 어서 오라.
나, 그대 보고파서

그대 향기 찾으며 눈물로 지새우고 있다네.

가을에 부치는 글

아! 가을인가?
황금물결이 들판에서 춤추고

남쪽 바다에는 외기러기가
하늘을 비행한다.

온 삼라만상이 총천연색으로
시네마스코프를 이루겠지.

가을은 화려한 꽃구름 속에서
노래하고 난무한다.

가을아! 내가 그렇게 애타게 찾던
젊음과 사랑의 아름다운 계절인
추억의 계절아!

황금물결이 파도치는
코발트 색깔의 에메랄드빛 가을아!

드디어 내 사랑이 되어 내 몸을 휘감고
나를 감싸 안아주는 내 영혼의 벗이 되었도다.

가을아! 그리운 가을아!
환희와 기쁨으로 가득찬

너의 모습에 나는 에메랄드빛 향기로
너를 맞이 하련다.

가을아! 저 뜨거운 열기를 작열하는
관성의 태양을 조금만 더 조금만
피할 수는 없을까?

우리는 오늘도 시원한 바람을 찾아
나그넷길을 떠난다.

우리는 어디로 떠나야만 하는가?

그대 그리워

아름다운 마음을 그대에게 보낸다.
행복한 마음으로 그대 향기에 취한다.

나 그대 그리워서 먼 하늘만
쳐다본다.

오늘은 무엇을 하실까?
그림을 그리실까?
시를 쓰실까?

아니면, 내 놀던 옛 동산에 올라가서
파란 보리 피리를 불까?

노란 들국화 한 잎 따서
옛 생각하고 있을까?

그리운님아!
사랑하는 님아!
그립다고 말을 하니 더욱 그리워,

오늘도 님 그리워,
눈물 나누나.

10월의 마지막 밤을 그대와 함께

10월의 마지막 밤을 그대와 함께 찬양하리라.

꽃은 피고 새들은 울어대는데,
귀뚜라미 소리가 요란하게 연주한다.

그대와 나는 무수한 별빛을 바라보며,
늘 푸른 대지 위에 사랑의 꽃씨를 뿌려댄다.

이 꽃씨는 사랑과 열망의 낭만의 씨요,
순정과 젊음의 불꽃의 씨로다.

그대와 내가 살아가야 할 이유가
10월의 마지막 밤에 있다.

그대는 아시는가?

왜 우리는 10월의 마지막 밤을
사랑하는가를...

우연히도 우리 두 사람은
이 밤에 사랑의 의미를 알았다네.

흰 구름 흘러가는 곳

흰 구름이 꽃 가마 타고
서서히 흘러간다.

어디로 흘러 흘러가고 있을까?
구름 저편엔 누가 살고 있을까?
발그레한 석양빛을 띄우며,
북쪽으로, 북쪽으로

온 세상을 포용하는 달빛 그림자처럼,
북쪽을 향해 자꾸만 흘러간다.

하염없이 흘러가는 흰 구름아!
내 마음도 함께 따서 북쪽의
우리 동포들을 만나러 가자.

함께 웃고 함께 가는 통일의 길로
어서 가자.

북쪽의 내 동포여! 기다리라.
통일하여 서로 손잡고,

세계만방에 빛나는 동방의
아름다운 꽃을 피워보자.

귀뚜라미 소리

귀뚜라미 소리, 아름다운 소리.

내 귓전에 사랑의 색소폰 소리를
불어 댄다.

귀뚜라미가 신바람 나게
연주를 한다.

가을이 왔다는 귀뚤귀뚤 신호음에
쓰르라미도 함께 합주를 한다.

사랑을 호소하는 듯,
연인을 부르는 즐거운 소리가

밤의 적막을 깨고 더욱더
신나게 울어댄다.

더욱더 크게 울어라.
귀뚜라미야!

네 사랑이 꽃이 피어날 때,
나도 연주자처럼 너희와
함께 기쁨을 노래하노라.

오! 나의 조국 대한민국이여!

오! 나의 조국 대한민국이여!
새 아침이 밝아 오도다.

온누리에 금빛 찬란한 황금의 빛을 발하며,
우리의 기상을 드높이려 웅대한 꿈을 안고
이 땅에 태어났도다.

맑은 정기와 고고한 자태를 뽐내며
금수강산에 무궁한 꽃을 피워 냈다.

지나온 인고의 아픔이 하얗게 파고들고
피눈물 나는 고통의 멍에를 짊어지고도

우리 민족은 세계 만방에 우뚝 솟은
가장 빛나는 자랑스러운 민족이 될 것이다.

세계에 가장 위대하고 찬란하게 빛나는
나의 조국, 대한민국이여!

영원히 빛나거라.

지구가 멸망한다 해도
저 빛나는 관성의 태양이 살아있는 한

나의 조국, 대한민국은
영원한 사랑의 불꽃으로
활활 타오르리라.

아름다운 인연

우리는 아름다운 인연 속에서 삶의 애환을 그리며,
분주하게 살아가고 있다.

낭만과 희망의 언덕을 넘고
태산을 향해 열심히 걸어가고 있다.

우리의 환상의 미소 속에는 천사의 향기가 깃들어
날개를 휘젓고 저 멀리 웅비의 나래를 펼쳐간다.

우리는 저 멀리 떨어져 살아가고 있지만,
마음은 아주 가까이 있고, 손 한번 못 잡아 본 인연이지만,

우리의 사랑은 시간 속에서 점점
사랑의 불길 속으로 타오른다.

사랑과 믿음의 등불을 밝히고 아름다운 인연의
검은 눈동자 속에서는 찬란하게 빛나는 환희에 기쁨이 넘치며,

저 높은 곳에 흐르는 무지갯빛 강물의
별빛들은 하늘의 축복을 대지 위로 뿌려댄다.

오! 아름다운 우리들의 인연이여!
지구가 사라지고 우주가 개벽한다 해도
우리들의 행복한 인연은 영원토록 빛나리라.

온 누리에 뿜어져 나오는 사랑의 향수를
그대는 아시는가?

봄의 축제

하늘의 축복이 별빛처럼 쏟아져 내리는 날
너는 어디에서 왔니?

어여뻐라, 그 모습, 누구의 솜씨일까?
고운 빛은 어디에서 왔을까?

복사꽃, 살구꽃, 진달래, 개나리, 철쭉꽃, 목련화
꽃들의 잔치가 한창 눈부시게 화려하구나.

봄의 축제가 벌어지고 황홀한 꽃들이
서로 어우러져 마음껏 노래한다.

봄이 오니 흰 구름이 목화송이처럼 피어오르고,
땅 위에는 고운 꽃잎들이 바람에 살랑살랑 춤을 춘다.

만물이 소생하는 봄의 찬가여!
방방곡곡 피어나는 찬란한 꽃동산으로
온 세상을 아름답게 물들이자.

당신과 나

봄이 오면 저 연둣빛 들판으로,
당신과 나 단둘이 손잡고 봄 마중 가고 싶어요.

선홍빛 붉게 타오르는 봄바람 부는 언덕을,
풀꽃 무덤을 지나 노오란 개나리
활짝 피어 있는 꽃동산 속에서 살며시 당신을 안아 보고 싶어요.

내 마음에는 사랑의 불꽃이 흐드러지게 피어오르겠지요.
봄이 오면 나는 또 봄바람 살랑거리는 호반의 벤치로 가고 싶어요.

그곳에서 당신과 나 단둘이서 하얀 나룻배를 타고
저 먼 오두막에서 따뜻한 겨울을 보내고
봄 향기 가득 실은 찬란한 꽃들을 마중 가려 합니다.

아름다운 아침

찬란한 태양이 눈부시게 빛나는
아름다운 아침에 나는 파란 들판을 걸어가며

호수 위를 나르는 하얀 백조의 모습이
초원을 가르는 일출(日出)의 장관이로구나.

양쪽 길가로 피어있는 빨간 진달래꽃이
바람에 살랑거리며 신나게 춤을 추고 있구나.

끝없이 둥글게 펼쳐진 들판을 지나
연분홍 복사꽃의 진한 향기에 살며시 취해보노라.

어느덧 검붉게 타오르는 에덴 동쪽 하늘이
광란의 아침 햇살을 토해내며

황금빛으로 물들어간다.
아침이 밝아 온다.

님이시여! 어서 오소서

약동하는 생명의 하늘이
하얗게 꽃 그림을 그리며

구름을 이끌고 멀리멀리
아득히 먼 미지의 하늘로 훌훌히 떠나간다.

그리운 나의 피앙세여!
우리의 사랑이 불꽃처럼 끝없이 타오르게 하소서!

생명

생명이란 귀중한 보석보다 더 찬란하고
이 세상 어느 것과도 바꿀 수 없는
하나님이 내려주신 귀중한 창조물이다.

귀하고 소중한 창조물의 존재를
우리는 어떻게 보전하고 있을까?

누구는 헌신짝처럼 집어 던지고
반기지도 않는 하늘나라를 먼저 들어간다.

누구는 더 살고 싶어서 백 살도 힘든 세상에서
천년 사는 걱정을 한다.

세상 사람들이여!
하나님이 부르시는 그날까지, 목숨과 마음과 성품을 다하여
최선을 다해서 열심히 살아야 하지 않을까?

괴롭고 외롭고 쓸쓸한 인생이라 할지라도
우리가 사는 그날까지

생명의 존엄성을 지키고 값지고 보석보다
더욱더 귀히 여기는 아름다운 성품을 다하여
참되고 값있게 살아가야 하리라.

인생의 가는 길은 장미꽃이 뿌려진
평탄 대로만 있는 게 아니라

때론 험한 가시밭길도 있다는 것을 알아야 한다.

한 떨기 수선화

그대 차디찬 수선화야!
노란빛은 어디서 와서 그다지도 고울까?

추운 겨울 헤치고 온 고독의 향기를
뿜어내는 하얀 민들레처럼
너는 도도하게 하늘을 향하여 눈웃음 짓고

고독에 몸부림치며 삭막한 그리움으로
내 가까이 날갯짓하며 가슴 깊이
사랑의 포말을 이루는구나!

수선화야, 너는 나의 신의 바람 집에서
가장 아름답고 찬란하게 빛나는 꽃 중의 꽃이로다.

너는 나의 자그마한 애인이다.

고요히 잠자는 호숫가 옆에서
빛나는 눈동자로 나를 기다리는 노란 수선화!

나의 마음속으로 오는 한 떨기 수선화야!
이 세상에서 나는 너를 가장 사랑한다.

그대 모습은 나에게 희망의 날개로 끝없는
고독의 위를 나르는 영혼의 깃발이다.

제목 : 한 떨기 수선화
시낭송 : 최명자
스마트폰으로 QR 코드를 스캔하면
시낭송을 감상할 수 있습니다.

내 사랑 그대여

내 사랑 그대여! 아름답고 찬란한 춘(春) 사월이
너울너울 춤을 추어요.

어서 오라고 손짓하며, 봄의 예찬을 노래하고 있어요
봄은 젊음의 계절이요, 사랑의 계절이라오.

환희의 봄은 유혹의 손짓으로 피아노 칸타타를
마구 울리며, 온 세상에 평화의 팡파르를 불어주네요.

온 천상의 새들아! 노고지리 우지 지며
바다를 날으는 백(白) 노새야!

청춘을 노래하자.

달무리 곱게 접어 저 하늘 위로 전해다오
새벽달이 지기 전에, 사랑의 기쁨을.

노랑 민들레

매서운 겨울을 지나온 노랑 민들레,
봄볕 햇살 바람에 나부끼는 노랑 민들레

솜털처럼 곱게 피어오르는
너의 고운 모습에

꽃밭에 나비가 팔랑팔랑 춤을 추며
손짓을 한다.

파란 톱니바퀴 이슬 같은 너의 잎새는
뾰족뾰족 튀어나와 쓴맛을 풍기며

너의 뿌리는 세상에서 사랑받는
보약처럼 쓰이는 약재로다.

저 들판에 외롭게 서 있는 한 송이 민들레,
바람이 불 때마다 온 세상에 홀씨를 날린다.

인생은 노래처럼

나는 노래하리라.
청춘을 노래하고, 인생을 노래하리라.

세상의 모든 자들이여!
세상의 모든 살아 숨 쉬는
생물들에게 감사하고

우리 자신에게도
감사의 노래를
불러 주자.
"나는 생각한다, 그러므로,
나는 존재한다."

〈데카르트〉 철학자의 말이다.

저 하늘에 태양이 빛나는 한!
나는 노래하리라.

〈플라시도 도밍고〉의 목소리처럼
'O Sole Mio(오 나의 태양)'을
정열을 다하여 나는 노래하리라

진달래꽃 따다가,
입술에 넣고 짓씹으며
내 생각하고 있을까?

그리워라.
보고파라.
나의 님아!

우리 집 농원

나는 밭에 작은 씨를 뿌린다.
고추도 심고 상추도 심었다.

흙을 높이 올리고
토닥토닥 두드려 준다.

땅콩도 옥수수도 고구마도,
심었으나, 한 톨도 못 먹었다.

올해는 고라니와 돼지가 못 먹게
해야 할 텐데, 기도를 열심히 해야지,

햇빛이 알맞게, 비가 알맞게,
바람이 알맞게 불어서,
풍성한 추수를 거두면 얼마나 좋을까?

다시금 피땀을 흘려야,
커다란 수확이 오겠지.

청춘의 꽃밭

새빨갛게 곱게 물든
오월의 장미야!

너는 청춘의 꽃밭이요
인생의 휘늘어진 샘물의 원천이로다.

녹음방초(綠陰芳草) 우거진 끝없는 숲속에서 유난히도
겹겹이 쌓인 아름다운 너의 형상!

누구의 창조성이 들어간 작품일까?
그대 오월의 장미꽃이 아닐까?

오월은 가도 장미를 사랑하는 내 마음은
영원히 남으리라.

오월의 장미는 온 산하에 꽃향기를 날리고
붉게 핀 사랑을 이 풍진 세상에 마구 뿌려 댄다.

오! 오월의 장미여!
숲속에서 피어오르는 그대 향기에
내 마음도 취하여
그대 사랑에 영원히 입 맞추리라.

제목 : 청춘의 꽃밭
시낭송 : 임숙희
스마트폰으로 QR 코드를 스캔하면
시낭송을 감상할 수 있습니다.

127

인생 무대

오! 6월의 향기가
짙푸르게 다가오는구나.

온 산천초목은
나와 함께 이글거리고

나의 생애는 무수한 달빛과
별빛의 연륜을 따라 변해가고,

태양병의 혹사 아래서
오늘도 나는 질고의 턱을 흔들며

내 나름의 큰 힘을 써 보인다.
오늘 하루는 내 생애의 최고의 하루였다.

나는 기쁨과 두려움 반으로 온 세상의
인생 무대에서 우뚝 섰다.

나는 노래했다.
인간의 최상의 목소리로

저 높은 곳을 향하여
6월의 향기를 마시며,

함께 가야 할 그 사람을
노래 부르며,

꽃향기 그윽한
세월 속으로 걸어간다.

6월의 꽃향기여!
온 세상을 너의 품에 안아다오.

아름다운 이 밤을
함께 노래하자.

님아! 소식 전해 다오

님아! 그리운님아! 소식 전해 다오.

앞산 뻐꾸기 뻐꾹 뻐꾹 울고
뒷산 노루가 펄쩍펄쩍 뛰어간다.

사랑하는 그대님이여!
지금은 황혼의 햇살이 황금빛으로 물들어 간다.

그대는 지금 무엇을 하고 있는가?
소식이나 전해다오.

깊은 산속에서 소쩍새는
소쩍 소쩍 울고

향기 짙은 장미꽃들은
새빨갛게 그리움의 향수를 온 세상에 뿌리고 있다.

아마도 오늘 저녁에는
님의 소식이 오려나 보다.

하늘을 나는 알바트로스여!
너의 긴 팔로 님의 그리운 편지
이 밤이 가기 전에 나에게 전해다오.

님아! 보고 싶은 그리운 님아!
어서 고운 발걸음으로

사뿐사뿐 내게로 춤추며
노래하며 어서 오거라.

해가 지고 바람이 불고
산천초목이 노랗게 변한다 해도
나는 님의 소식을 기다리겠노라.

여름의 시작

뜨거운 여름이 시작되었구나!
바다로 갈까, 산으로 갈까?

아니면 폭포수 나무 그늘로 가서
〈이태백〉의 시나 읊어 볼까?

"달아 달아 밝은 달아 이태백이 놀던 달아"
시원한 마음으로 달 타령이나 불러 볼까?

역시 여름은 청춘이 불타는 시원한 바다가 좋다.
여름은 젊음의 계절이요 사랑의 계절이다.

우리 모두 청춘을 불사르고 은빛 파도가
넘실대는 푸른 바다로

 여름의 시작을 향하여
 사랑의 파도를 타러 가자.

여름 너는 시작 되었구나.
불가마 같은 뜨거운 여름날

불타는 너의 작열하는 정열의 태양을
나는 사랑하며 오늘도 걸어가고 있다.

노래의 날개

노래의 날개 위에 그대를 보내오리까?
반짝이는 저 은빛 날개의 향기를 마시오리까?

나는 노래하는 소녀라오.

신들린 운율로 외로운 하늘의 별 따기를
휘파람 소리로 불러보고 싶다오.

황홀한 요정의 파란 등불이 바람결에
실려 가는 사랑의 기도를 드리고

파르르 떨며 가늘게 들려오는
〈G 선상의 아리아〉는 내 귓전에서 달콤하게
청춘의 십자로를 초연히 달려간다.

별 중의 별, 꽃 중의 꽃,
가장 높게 빛나는 청춘의 심볼인
노래의 파란 날개여!

붉게 타오르는 한 송이 진리의 꽃으로
영원히 피어나기를 두 손 모아 간절히 기도 한다.

노래의 날개여 하늘 높이 날아라.
이 세상 다 하는 그날까지.
이 생명 다하도록 노래를 부르리라.

사랑의 묘약

솜사탕 같은 하얀 구름이
내 마음을 하얗게 물들이며
어디론가 훌쩍 떠나가고 있다.

어디로 가는 걸까?

그리움을 가득 싣고,
외로움을 가슴에 안고,

붉게 타오르는
저 지평선 너머로

바람에 흔들리는 갈대숲을 지나
황혼의 햇살을 따라 명멸(明滅)해 가고 있다.

밤하늘엔 어느덧 별꽃 초롱별이 줄을 지어
은하수 강물을 만들고

황홀하게 빛나는 청춘의 별은
사랑의 묘약으로 온 세상을 뜨겁게 안아주고

불꽃 같은 화신이 되어
찬란한 거성으로 입맞춤한다.

희미한 달빛 그늘 속에서
신비스러운 묘약의 그림자는
더욱더 내게 사랑을 속삭이며

열정을 가득 안고
내 몸을 꺼안아 준다.

사랑의 언덕

그대의 검은 눈동자는
내 마음속에서 반짝반짝
빛이 난다.

갈색 동공은 살포시 눈 떠 오르고
내 가슴은 그리움으로
까맣게 타버리는 밤

그리움의 씨앗들은
내 가슴에 한 잎 한 잎 새싹을
움 틔우며 사랑의 언덕을 쌓아가고 있다.

언제나 그렇듯 나를 위해 모든 것을
아낌없이 다 바치는 나의 임이시여!

오늘도 그대를 위해 멀리 떨어져
있는 그대 모습 그리며 사랑의 노래를 부르리라.

그대와 나의 노래가 금빛 날개를 타고
하늘의 별빛을 따라 불꽃처럼 활활 타올라서

새빨간 정열의 꽃망울에
노래의 날개를 달으리라.

나의 사랑을 담아서
흘러가는 은하수 은빛 물결에
무지개다리를 놓아 흘려보내리라.

무지개 연가

파란 하늘에 어찌하여 저리도
고운 빛으로 그림을 그렸을까?

내 마음속에 그리움의 꽃들이
알알이 몽실몽실 피어나서
초생달 모습을 그렸구나.

파란 하늘을 두루마리 삼아
총천연색 시네마로, 눈부시게 황홀하다.

오! 아름다운 나의 사람아!
어서 와서 저 하늘에 떠 있는
무지개를 보라.

나 어릴 적의 무지개나
어른이 된 지금의 무지개나
변함없이 내 가슴을 설레게 하노라.

두근두근 가슴 방망이를 안고
그대 오기만을 기다린다.

오라! 그대여!

어린 시절 저녁노을에서
너와 내가 힘차게 뛰어놀던

그 넓은 푸른 들판에서
둘이서 손잡고 다시 한번 뛰어놀자.

무지개 꽃이 활짝 피는
새파란 하늘 아래서

너와 내가 하나 되어 신나게
뛰어놀아 보세나.

하얀 구름 너울 쓰고

하얀 구름 너울 쓰고
햇빛 속살 타고
저 먼 곳으로 여행을 떠난다.

그리움은 사랑을 찾아서 헤매고

산비둘기조차도 '구구구'
처량하게 울어대는 초야에

조각달 하늘길 따라 은하수 강변길을 돌아
저 멀리 천공을 배회하고

그리움은 별빛과 달빛을 받아
한없이 자꾸만 흘러만 간다.

온 삼라만상의 피안의 세계는
자연의 위대함에 놀라고

가을 제전의 팡파르 속에서는
사랑의 세레나데가 들려온다.

그리움이 하얗게 피어오르는
목화송이 꽃구름들은
휘늘어지게 두루마리 속에서
오색 찬란하게 빛나고,

하늘 높이 솟대 같이 솟아오른
은빛 날개 위에는

더욱 그리움의 꽃들이 하얀 구름 너울 쓰고
달콤한 사랑의 향수를 뿌려 댄다.

모나리자의 미소

오! 모나리자의 빨간 앵두 같은 입술!
내 마음을 훔쳐서 누구에게 주려나!

그대의 검은 눈동자에 맺혀 있는
이슬 같은 하얀 눈동자여!

나의 새하얀 눈동자에 사랑의
큐피트를 날려 보내려는가?

오묘하게 심금을 울리고
신비스러운 사랑의 기도를
나에게 보내고 있는 건 아닐까?

옥구슬 같게도 해 맑은 찬란하게 빛나는
신비의 영혼이 밝게 미소 짓는

이 세상에서 가장 내 마음에 전율의
초상화를 그려 넣는 그대는 누구이던가?

내 심장에 불꽃을 태우는 그대여!
그대의 검은 눈동자에 내 입술은 타들어 가고

오늘도 저 황혼의 저녁노을에
내 마음은 홍조를 띄워

푸르른 하늘의 별 따기 별을 따라
구름 위를 흘러만 간다.

세기의 화가 〈레오나르도 다빈치〉여!
그대의 사랑스러운 초상화 "모나리자의 미소"는

오늘도 세계의 사랑 받는
작품이 되어 그 이름이 천하를
날아다니고 있다오.

영원히 찬양할지어다.
모나리자의 미소를.

기다림이 머문 자리

박기숙 시집

2020년 9월 14일 초판 1쇄
2020년 9월 18일 발행
지 은 이 : 박기숙
펴 낸 이 : 김락호
디자인 편집 : 이은희
기 획 : 시사랑음악사랑
연 락 처 : 1899-1341
홈페이지 주소 : www.poemmusic.net
E-Mail : poemarts@hanmail.net

정가 : 10,000원
ISBN : 979-11-6284-230-0